大森千里歌集

光るグリッド

青磁社

目次

ランドセル 7
小さな空 12
鉛　筆 15
夜光虫 19
生きるため 22
ひとかけの氷 26
遮断機 37
百キロ歩行 40
もういない夏 43
ねこ鍋 46
バオバブの耳 50
島んちゅ 53
かなしい球体 57
夜の厨 59

猫には猫の 62
がらんどうの木 67
秋刀魚 70
さくらカット 73
六月 77
仮面をはずす 80
耳から順に 85
光るグリッド 88
ちょる 99
乾燥わかめ 102
ハイタッチ 106
電柱のごとく 110
まじない 114
雨を束ねて 118

抜け殻 121
雲上の人 125
ジャガイモ 131
体内時計 136
風 142
釦をさがす 145
奥歯の向こう 156
アダン 163
円 卓 167
骨と心臓 171
解 説 松村正直 173
あとがき 180

大森千里歌集

光るグリッド

ランドセル

ドーナツを十個選びし右の手にトングはひかる翅のごとくに

もの言わぬ夫の心が読みたくて竹輪の穴からのぞいてみたり

夕暮れに洗濯物を取り込めば泣きだしそうな重さがありぬ

スカートをはかなくなってもう二年　置き去りの足が砂浜にある

水出しの紅茶がゆっくり色づいてボトルの中は夜の公園

まる二日ただねむる子よ滝つぼの底へそこへと沈みゆくのか

涙ぐみ布団にもぐる子わたしの子大きな大きなみのむしのよう

朝露にまばゆくひかる桃畑　無言の君は遠くをみていた

ランドセル二階の壁に三つあり赤、黒、黒といつまでもそこに

お腹には裂け目のような縞があり三人分が今も残れり

つま先からざわめくような夏が来て入道雲があんなに高い

ひまわりを見にいきたくてペダル踏むぜんぶぜんぶが私をみてる

小さな空

うぐいすもひばりも鳴いてトラクター進めよ進めねむそうな土

とっくりのセーターの首の毛玉たち　ひとつひとつに私はいるよ

全力でクロール一本泳ぐとき千手観音のごと手を回す

足裏にバネがあったら軽かろう春はそこまで来ているよ、　君

ちぎり絵のさくらさくらの透き間から小さな空がいくつもみえる

晩年は淋しささえもわからなくなってしまえり母の笑顔は

押し入れで眠り続ける母の服あの服この服母はまだいる

いくつもの銀の車輪がかさなって駐輪場はさびしいところ

鉛　筆

忘れてた家族のにおいの昼下がり美術館にてエル・グレコと会う

父と子が少し離れて電車待つホームに伸びる白き直線

牧場の木陰にポニー一つながれて時おり縄はゆるりと動く

こんなにも馬のからだは熱いのか　撫でようもなくはっと手をひく

息子には変わった友だち多くいてリクガメ、ピラニア、ベルツノガエル

スイッチを右脳に切り替え君は描くあるがままを何度も何度も

他の人はもっと描いてると君は言う　百枚よりも重き一枚

箱の中刃物のように削られた鉛筆の芯がぎらりとひかる

芸術が君をまもってくれるのか　油絵の具の匂い立ちこむ

夜光虫

もう海は秋の海です　すじ雲が青と碧とをへだてておりぬ

真夜中の電柱の灯りうっすらと夜光虫のごと静かに浮かぶ

夕空が染まりゆくなか現れる新幹線の顔も淋しい

目薬を点すのが上手いとほめられて夫の前では得意気に点す

改札を出た辺りでの待ち合わせ難破船のごとあなたを探す

芝栗のいががぱっくり口を開けころりころりと秋がこぼれる

生きるため

問いかけに答えるように真っすぐに銀蜻蜓《ぎんやんま》のきれいなターン

水中に飛び込むごとく息をとめ南瓜《なんきん》の背に包丁入れる

食べるにも体力がいるひとたちに軟飯、お粥、重湯をつくる

雨音はやさしいけれど開いても開いてもそとは雨のカーテン

むせ易きひとのためにはトロメリン混ぜて出したり葛湯のごとく

生きるためお膳に向かうひとたちが「いただきます」と合わす掌

食欲の落ちたひとには苦痛なり三度の食事が追いかけてくる

掌におさまるほどのお茶碗で白粥すする肺を病むひと

この春が最後かも知れぬひとのためお膳につける蕗の薹ふたつ

炙り出しみたいな月だ　とりあえず今日という日をお仕舞いにする

ひとかけの氷

まだ少し湿ったシャツをひるがえし水鳥のように飛び立つきみは

言葉では伝えられないさびしさをあかるく照らす鎖骨のくぼみ

さっきまでとても冷たい手をしてたあなたの右手にわたす向日葵

葬儀屋の車のドアの閉まる音　ばたんとおもく鼓膜を叩く

八重ちゃんの九十二歳の生涯を今送りだす正月二日

病室の窓から見える花梨の実　最後のひとつが輝いていた

延命の治療はしない　絶食の八重ちゃんを繋ぐウイダーインゼリー

さらさらとりんごの皮を剝きながら過去と未来の真ん中にいる

ひっそりと床頭台に置かれいし夫の遺影の静かな眼差し

貧血がひにひに進む八重ちゃんの真白き顔にくい込む皺は

「吐血してもいいから何か食べさせて」ナースコールを何度も鳴らす

「ラーメンと雑煮が食べたい」八重ちゃんが両手を合わせて耳元で言う

夜遅く洗濯物を取りにきて五分もたたずに帰る家族は

淋しいと看護師だけにもらしおり　庭に一羽のヒヨドリが来る

ティーバッグ引き上げられず三角のままに沈んで地底湖のよう

さびしさを分け合うようにわたしたち猫の爪ほどの月をみている

コール押す力も弱くなった日にガーグルベース落としてみせる

右腕が羽二重餅のようだった　手を握り返す力もなくて

明け方に二、三度吐血したらしい枕元にある褐色の染み

手を握り話しかければわずかだが喋ろうとしている血のついた口

黒い血をがぼりがぼりと吐きながら伝えようとする口のゆがみは
八重ちゃんが最期に云おうとした言葉わからないまま家族と看取る
まだ温い身体を拭きつつ指さきは蠟人形のようになりゆく

髪をとき口紅させばほわほわと娘のように明るむ口もと

拉麺とお餅を棺に入れたこと数日たって家族より聞く

片手鍋の取っ手がはずれたその朝にふいにあなたに逢いたくなった

何人も見送りし木がそこにあり枝の向こうに光を探す

元旦に口に含んだ食べ物は雑煮ではなくひとかけの氷

それでもと豆苗の芽は伸びてゆく窓辺の光を吸い込みながら

何もかも忘れて貝がら拾ってるあなたの影とわたしの影と

遮断機

参道のちょっとメタボな鯛焼きのお腹の餡子はみ出している
コンビニのおでんの中に浸かりたい今日のわたしは冷めたはんぺん

ゆるやかなカーブをつけて眉を描く　あの丘のような母であるため

葉脈に光があたってすんすんと空の深さを吸いこんでゆく

切り分けたいちばん小さなピザをとる　母はそうして小さくなりぬ

遮断機がふわりと上がる夕まぐれレールの向こうにそれからがある

百キロ歩行

ゆっくりと大蛇が地面をはうごとく四百人は歩きはじめる

穴という穴から聞こえる叫び声　群青色に空は堕ちゆく

コンビニのおにぎりすべて売り切れてあんパン食べつつ二十キロ過ぎる

この場所は去年リタイアした港　頭上に広がる満天の星よ

真夜中にかたつむりのごとくそろそろと足を引きずりそれでも歩く

座ったら立てない気がして立ったままおにぎり、味噌汁流し込みたり

百キロを二十四時間で歩ききりゴールの向こうに私がいるよ

もういない夏

鯛焼きをどこから食べるか考えるそんな時間に我を泳がす

もうすぐ歯が抜けそうだよとピラニアの突き出た下顎見つつ子は言う

一列に種まきすればいっせいに右倣えしてスイカの双葉

うすみどりの胎児のごとき実をつけたゴーヤに水をだくだくとやる

玄関にゴマダラカミキリ見つけても飛んで来る子のもういない夏

百キロを共に歩いたぐらぐらの爪が一枚知らぬ間に落つ

温羅化粧《うらげしょう》男も女もほどこしてうらじゃ踊りの夜は更けゆく

ねこ鍋

言い返すことば探してうつむけばバナナの皮の黒いてんてん

まだ外を一度も走ったことなくてガラスの向こうを猫がみつめる

高いところ狭いところが大好きな子猫のために変わりゆく部屋

電柱にくくられているジャンバーの袖のあたりが今日も揺れてる

北風が私のなかの肋骨を見透かすようにくぐり抜けてく

わたしにもやさしい背中があったよね　ランプのような猫の背をみる

猫のため猫のぶんだけ開けておく玄関、裏口、リビングの窓

唐突に乱切りされたる大根のあまた面《おもて》がうろたえている

ねこ鍋が見たくて床にありったけ土鍋、鉄鍋並べてみたり

ゆっくりと老いていくこと庭に咲く泰山木の静かなねむり

わたしにも猫にもじかんは平等で長いしっぽをゆらしてみたい

バオバブの耳

冬の窓は夜の深さだ　店先にノースポールが白くひかって

どうしても言えないことを飲み込んでシフォンケーキにナイフを入れる

階段をかけあがる音　もう誰もいなかったんだ、猫だったんだ

屋根裏にクリスマスツリーがあることをみんな忘れている十二月

一心にセロリ食むとき両耳は草原に立つバオバブのよう

おかえりと誰も言わないこの部屋で確かに動いた三角の耳

島んちゅ

ぽうたりと玉子の黄身が落ちたようなそんな夕暮れ立ち漕ぎをする

上の息子は、沖縄で暮らしている。

君はもうすっかり島んちゅ　短パンにビーチサンダルでわが家へ戻る

ありがとう　もう学生でない君の口から何度もこぼれる言葉

鍋の上にいくつもの箸が交差して消えてしまえり猪肉の山

パンケーキの膨らみほどのうれしさよ助手席にある君の横顔

都会では暮らせないよと就活をやめてバイトに明け暮れた日々

行き先を南の島に決めたこと　君の背中に西陽があたる

手を振って搭乗口へ消えた君わたしの頭上を飛んでゆくのか

冷蔵庫のドア開けるたび思い出す君に食べさせたかったものを

やわらかなアボカドのような手触りで老いてゆくのか　なまぬるい風

かなしい球体

八月のカレンダーに咲く向日葵はまあるいまるい猫の目のよう

擦りむいた傷口ばかりが痛みだし入道雲を蹴飛ばしてやる

サンダルの足があなたを追いかける一直線に夕暮れの土手

眠りから目覚めた亀が思いきりうぐいす色の糞を出したり

大空を吸いこむように猫の眼はかなしいくらい球体である

夜の厨

ソックスの五本の指が引っ込んで亀のようなり亀のまま干す

生ハムを一枚一枚めくっては盛りつけている静かな怒り

ときに猫、何度呼んだらふり向くのキンノエノコロ探しに行くよ

壮年の二人の影が長くのび夏のホースはねじれたまんま

ほんとうは背泳ぎしてる時間だと夜の厨にからだ預ける

人生の残りの時間を思うときががんぼのごと焦りはじめる

青紫蘇をきざめば夏がかけ足でわたしの指からこぼれ落ちたり

猫には猫の

明け方にみた怖い夢、ぶどうパン分け合うようにあなたに話す

透きとおる川面に脚を突きさして空になれない白鷺がいる

もうずっと前からそこに立っているビニール傘の細き首すじ

風の声がこつんと耳に落ちてきてだんだん畑のように広がる

人間も喉を鳴らしてみればいい　簡単だろうって、猫のやつが

バスタブのお湯を浅めに抜きながら猫には猫の深さがありぬ

許すとは受けとめることひと息に搔きだしてみる苦瓜のたね

るりるりと尾びれを揺らすらんちゅうの腰のくびれに少し負けてる

どのひとも金魚鉢のせているようにおもいおもいと頭でっかち

夕ぐれの足首にほら秋がきてわたしが揺れればエノコロゆれる

尾骨とは岬のような骨だから湯舟にそっとからだ沈めた

南天のあかい実ひかる夕まぐれ「つぎ止まります」と猫バスが来る

がらんどうの木

イヤホンをはずして走れば冬鳥の声なめらかに鼓膜を揺らす

透視図のような冬空　耳もとにヘリコプターの音がまだある

枯れた木は土へおかえり　子どもらをみまもり続けたがらんどうの木

切られても切られてもまた枝伸ばし子ども部屋まで辿りついた木

ツキヨタケ、ゴマダラカミキリ、アマガエル、宿を借りたりその太き木に

晩年は蟻の住処になっていた木膚にのびる黒き行列

何日もかけてゆっくり倒したり夫と欅の静かな会話

柿の実がぼったり落ちてる坂道を今日も明日もななめに走る

秋刀魚

とりあえず今日のことだけ考える　ほたほた落ちる焼きなすの汁

何となく入れたくなったと言い添えて夫がはじめて買うバスクリン

緑濃きすだちもらえば買いに行く秋刀魚三匹てらてら光る

部屋中が秋刀魚の匂いで膨らんで夫も息子も一心に食む

換気扇ごうごう吸って届けおり離れて暮らす娘のもとへ

海面へ不時着したごと浮いている麦茶のパックを掬いあげたり

さくらカット

バズーカのごとき太めの大根がさりさり切られサラダとなりぬ

あたたかな春の陽射しが待ちきれずカーテンレールるるると鳴った

毛の先が少しひらいた歯ブラシに埋もれているのは君のため息

ジョギングの足音きいてぞろぞろと子猫母猫集まってくる

捨てたのも腹を切るのも人間でそれでも猫はのどを鳴らして

花びらのような片耳　目印のさくらカットは避妊のしるし

冬枯れのセイタカアワダチソウの群れ　針葉樹林の眠りのような

コンビニのおにぎり開く順番を小さく唱えて指先うごく

ほんとうのことは誰にもわからないひっくり返してジーパンを干す

六月

風に声、雲に言葉があるような春の陽だまり遠まわりする

川沿いに響くシューズの音かるくつられて泳ぎだすヌートリア

水滴がぱんと弾けて飛べそうな気分になりぬ傘開くとき

見覚えのある人と風が入り来て紙芝居めく各駅停車

そのままでいいと思うよ　カタバミの種が弾けて遠くへ飛んだ

しゃりしゃりとスライスされる玉葱も私も無言　六月の雨

仮面をはずす

みずうみのような沈黙　ゆっくりとリクガメの瞼下から閉じる

三次元マスクの下の唇は底無し沼のような広がり

剝がそうとしても剝がれぬときもある今はこのままレタスでいたい

食パンがスライスされて立っている君のとなりでみた白昼夢

真夜中に白衣を着ればたちまちに優しくなれた記憶をたどる

優しさはもう使い切って思いだすナイチンゲールの誓いの言葉

ほんとうに天使だったのか　脈をとる指さきはもう冷たくなって

さりさりと猫砂の音が響きおり　だあれもいない四角い部屋に

三人と二匹で囲む食卓は声のとどかぬ樹海のようだ

声あげて笑わぬ夫と子のために今夜もつけるひょっとこの面

青々と葉っぱのしげる部屋にいて君の指から新芽が出てる

早起きの厨の隅でてらてらと艶めいていた梅干しの種

耳から順に

レシートを二つにたたむ夕まぐれ春大根の首がみえてる

嬰児《みどりご》にオムツをあてるごと包む朝採りたけのこ大振り二本

狩猟猫トムはときどき持ち帰るスズメにトカゲ、モンシロチョウを

激辛のカレーを食べた勢いで別のわたしがしゃべり始める

悲しみは怒りとなって膨らんで埋めようとするドーナツの穴

ぱきぱきとスナップエンドウ噛みながら耳から順に初夏となる

爆竹のごとく鳴きだす燕の子五つの口がいっせいに開く

じゅんじゅんと干し椎茸もふくらんで私がわたしにもどる夕暮れ

光るグリッド

朽ちた木にサルノコシカケふたつあり大きいほうにあなたが座る

改札を抜けるとつんと風が吹く過去か未来かわからぬままに

やわらかなレタスを包む手のひらに伸びている指　絵を描くひとの

どうしてもここにいたいと遮断機のそばで揺れてるキンノエノコロ

夕焼けのガランス色が足りなくて空をちぎって貼るしかないな

車両には扇風機ふたつあの夏の首の角度で止まったままの
トンネルを数えていたが永遠にトンネルみたいで数えなくなった
もう誰も蹴らないボールが転がって息子の部屋に雨ばかり降る

モノクロの世界にいつも君はいて削り続ける鉛筆の先

ひたひたと言葉を探す林道に赤い実青い実転がっている

五キロごとに一粒食べて走りおりポケットの中でキャラメル踊る

骨盤を右に左にうごかしてわたしの軸を確かめる夜

まぶしいのが嫌いなんだと深海を君は今でも泳ぎ続ける

石段に脳みそのごとく散らばって息をしているシャグマアミガサタケ

時として凶器にみえる鉛筆を武器としている君の右手は
林道の暗がりの中で立っているいる白いきのこに触れてはならぬ
星空を見上げるふりして君の灯を確かめることが日課となりぬ

ツキヨタケの光のような君の背を両の眼に焼きつけよ、今

やじろべえゆらゆら揺らす指先もこの指止まれもお母さんゆび

傾いた墓石のような静けさに厨でひとり包丁を研ぐ

このドアを開けてほしいと猫が鳴く閉ざされたままの君の扉は

水滴のどこかに君がいるようで夜ごと私は絵の前に立つ

猫の背を撫でる手のひら　もうずっと君の背中に触れてはいない

パンの耳を袋にいっぱい詰め込んで言葉を持たない水鳥と会う

思いっきり遠くへ飛ばしてみるけれど飲み込んでしまう冷たい池が

誰からも触れられずいてひっそりとスッポンタケの臭いねばねば

最後まで描かずにやめた君の絵に薄くグリッド引かれたままで

錆色のかなしい残像　このまんま月を喰らって無くしてしまえ

雪渓に君が残した足跡をいつかわたしも掘り出しに行く

取れそうなボタンの糸のその先を手品のように回して、それから

ちょる

逃げ道はどこにでもあり　ほの暗き猫の耳中、ねこのにくきゅう

眠る人、本を読む人、食べる人、新幹線のさくらに揺られ

トンネルをいくつも抜けてふるさとへ近づいてゆく遠い記憶は

ペリカンのカッタ君はもういない記憶の隅のときわ公園

大きめの名札を首からぶら下げて同窓生はあの日に帰る

ちょる、ちょると耳をくすぐる方言が飛びからテーブル揺りかごのよう

離れたり近づいたりして故郷は土産の外郎ぺろんと垂れる

苦瓜をスライスしつつこの夏の碧いひかりを真水にさらす

乾燥わかめ

真昼間をおおかた眠っていた猫が金色の眼で行くパトロール

脱ぎたてのすこし疲れたジーパンが切り株のごとく鎮座しており

私にもこんなパワーが欲しいのよ　乾燥わかめ三倍となる

ばしゃばしゃと雨の音して目覚めれば猫が寝ており仏壇のなか

下の息子、免許合宿へ。

いつもなら部屋に明かりが灯るころ四角い箱が闇にさまよう

植物に話しかけては水をやる息子が頼んだただ一つのこと

買い物の途中で君がいないこと気づいてもどしたシュークリーム

布団干しシーツを洗って君を待つ葉っぱがひとつ伸びはじめてる

つっかけを素足で履けばじんじんと月の砂漠に迷い込みたり

モンステラの葉の広がりがふと君に見えたことなど黙っておこう

いつもより少し明るい声だからもう一度聴く留守電のこえ

ハイタッチ

しゃかしゃかと鰹節降る夢をみているのだろうか猫の寝息よ

上空をヘリコプターが旋回しおかやまマラソン号砲が鳴る

スピードをゆるめて交わすハイタッチ幼子たちの小さきてのひら

新しく開発された吉備団子ミネラル入りを四つも食べて

確かめるわけではないがポケットに果たせなかった約束がある

ラーメンを食べる五分が惜しいから寄らずに走る給食ポイント

マンホールの蓋に描かれし桃太郎なんどもなんども君は踏まれて

びっしりとランナーが進む跨線橋　人間の帯を見たことあるか

ざわざわと心が曇るときもある枯れ葉の声を足裏は聴く

電柱のごとく

新しい手帳に書き込む一月の予定はどれも筆圧強し

はずれくじ引いたようなり　菜箸の長さ違ってもう一度ひく

塩パンからバターがじゅんと溶けだしてもう取り返しがつかなくなった

玄関まで弱ったからだで戻りたり夫が二度目にみたという夢

うちのねこ、みかけんかったと尋ねおり道で出会った近所の猫に

こうこうと夜空に登った満月よ照らしてくれぬかトムの帰り路

両方の言い分聴いてうなずいて電柱のごとく突っ立っている

前をゆく車がふいに蛇行してしゃなりしゃなりと鷺が横切る

ヤマカガシ二度轢かれおり右足で茂みの中へぎゅぎゅっと入れる

丁寧にメガネを拭く派、拭かない派　どうしょうもなく虹がきれいだ

まじない

昨日より少し伸びてる豆苗が窓辺の月にもたれているよ

行平の歌の上の句貼りつけて茶碗を伏せる猫のまじない

名を呼んで探し続けた　裏山の池のほとりに横たわるトム

銀色の首輪をはずし両の手で抱えて帰るトムの亡骸

線香のけむりがのぼるほだほだとトムに何度もごめんねという

ハナミズキを夫と二人で植えたれば小さな小さな樹木葬となる

さらさらといつか私も土になる春には春の花を咲かせて

黒土が爪の間にくい込んでおにぎりなんて握れそうもない

モンシロチョウ追いかけるのが好きだったトムのためにと花を植えおり

悲しみがほろりほろりとうすらいでゆくのが辛い山まで萌えて

相棒を亡くした茶トラが持ち帰るモグラ一匹野ネズミ二匹

雨を束ねて

水張り田にぐいと伸びたる電柱をあめんぼ二匹が時おり揺らす

夕暮れの森は小さな万華鏡　あなたの影をさがして歩く

森深くふかく進んでいくような雨降る朝にノートを開く
この空を百万本の雨が降りあなたとわたしを繋ぐ糸巻き
山鳩のあかるい声と降りつづく雨を束ねてあなたに送る

かなしみに箸を入ればたちまちに温泉玉子の黄身がながれる

君の踏む枯れ葉の音が立ち止まり追いつくまでの二人の時間

抜け殻

クロワッサンみたいな雲が浮かんでる真っすぐ進むあの雲の下
カーテンの向こうに明るい朝がきてオニオンスープの湯気のくねくね

木綿派と絹派に分かれる冷奴冷蔵室で二列に並ぶ

ナナフシの眠りのような亡骸を枯れ葉の上にしずかに乗せる

声出して笑わぬ夫の口角が少しあがった金曜の夜

林道の奥から何やら聞こえくるホウライタケの傘のひらひら

カナブンの骸ひとつが転がって如雨露の底は冬の日だまり

猫の手も借りたいほどの猫の手の肉球かたくひび割れている

ヌートリアの寝ぐらのごとき掛け布団　子の髪の毛が残っておりぬ

ヘビ獲りが得意なトムの墓の上に抜け殻ひとつ夫は置きたり

雲上の人

シンデレラのごとくそろりと足入れる娘が一度だけ履きし登山靴

ランニングシューズのようにはいかなくてのっしのっしと慣らす山靴

毛無山《けなしやま》は初心者向けの山なれど楽と思えりマラソンの方が

トレッキングポールに体を預けおり四つ足歩行の我のからだは

「お花摘みに行かれる人はいませんか」涼しい顔して女が続く

二つめのおにぎり食みて眺めれば小さく見える伯耆大山

頂上でもらいし黒豆せんべいの砕ける音が頭蓋に響く

木道に霧のかたまり吸いながら我はなりたり雲上の人

子どもらを背負いし頃を思い出す背中のザックは泣かないけれど

手袋を外して触れるキャラボクの木肌しっとり艶めいている

手をのばしこっちへ来いと言っている白骨林の波打つ声は

頂上から靴を飛ばしてみたくなる　放物線はどんなだろうか

駐車場に下山を待ってるキャラメルの粒より小さきバスを見つけて

バス六時間、登山五時間、とくとくと過ぎてゆきたり私の休日

トレランのシューズの泥を落としつつ山の匂いをもう一度嗅ぐ

ジャガイモ

素麵の帯をぱちんとはずすときわたしの耳が小さく揺れる

サンダルに足を入れれば思い出す夏雲はいつも遠いあなたで

物置きは海馬のごとし　子の飼いしうさぎの砂の袋がひとつ

「変わりない？」と遠き息子にメールして海の匂いの返信がくる

灰色の羽根をおとして飛び去った鳥よ、わたしに飛べというのか

この夏を生きながらえて三キロの砂丘らっきょう小瓶になりぬ

扇風機右に左に首振ればおくれて動く猫の黒目よ

鍋持って豆腐を買いに行きしこと三つ違いの夫は語りき

夫は木綿、わたしは絹とゆずらずに気づけば真珠婚は過ぎたり

夕暮れはやさしい器　君の手がくるりとまわり亜麻仁油たらす

アルバムを広げてみれば三人の子の顔どれもジャガイモのよう

暖かな半島のごとく足もとで夜明けの猫は眠っておりぬ

体内時計

山積みのキャベツの中からぽぽぽんと触れて確かなひとつを選ぶ

はつなつのキャベツ畑でひっそりと羽化をはじめるわたしの背中

折り紙のごとくきれいに畳まれて息子がたたんだタオルが並ぶ

君だけに集まりてくるヒメダカの水面を揺らすやわらかな線

真ん中に黒き点ありメダカの子あわ粒ほどに息づいており

音たてて倒れゆきたる自転車の最後の一台きっちりと立つ

リビングを二周、三周まわりきてリクガメが食む朝の豆苗

くったりと皿に盛られし焼き茄子のさみどり色の細きくびすじ

スッポンの卵三つを拾いたる息子は母になれるだろうか

石ふたつ顔に入れればくろぐろと雪のだるまの眼力は増す

「この春の新色です」と南天の紅い葉っぱをくちびるにして

真昼間のトラクターの音ここちよく体内時計は春に合わせる

とりあえず掘りしタケノコころがして転ばぬように斜面を下りる

玄関に大根十本並べられ最初の一本おでんにされる

銀盤でトリプルアクセルする人を猫パンチしたトムはもういない

ひと枝のミツバツツジを持ち帰り猫の墓石があかるくなりぬ

風

自転車の銀のスポーク輝いてゼブラゾーンが動きだしそう

仁和寺の僧侶たちまでメガホンを握って声出す京都マラソン

わたくしの背中を押して追い風は四角い緑のかたまりとなる

ためらわず生八ッ橋はふたつ取り三十五キロの壁を超えたり

大文字の大がだんだん近づいて最後の坂をUターンする

まっすぐに風を切るとき一本の線となりたりわたしの体幹

耳持たぬ魚《うお》になりたし　曇天の空を泳いでわが家にもどる

ひらひらと蝶形骨をゆるませてシロツメクサの草原に立つ

釦をさがす

指切りはできないけれど夕暮れの小指はいつも待っているゆび

Running　走る走れば走るとき走りなさいと風に呼ばれる

林道にあまた団栗散らばって小さきつぶつぶ足裏に残る

中敷を抜いてぱぱんと叩くとき土間にひろがる風の匂いは

たくさんの足あと残した寝たきりの人の足裏　触れてもいいか

山肌を赤く染めゆくナナカマドほんとうのことは言わないでおく

「朝まではもたないかもね」引き継ぎを終えしナースはぽつりと言いぬ

霙ふる四角い空を積みあげてジャングルジムは広場に立てり

暗闇に心電計は波打ってオーロラのごとく光をはなつ

胸郭も鼻腔も顎も止まりたり　この世に息をひとつ残して

半眼のごとき目蓋をゆっくりと閉ざす医師の手　冬烏鳴く

人間はここまで痩せてしまうのか　腸骨、肋骨丁寧に拭きぬ

人の死に慣れてしまってわたくしの右手左手てきぱき動く

迎え手をしつつ片袖通しおりぽとりと腕が落ちそうになる

水鳥の飛び立つときの静けさよ　銀の湖面につばさ落として

胸の上で十本の指を組むときのひとつひとつが硬く冷たい

白布をしずかに顔に掛けるときいつもためらうわたしの指は

銀色の細き髪の毛　枕にはあなたのことばがいくつも残る

モディリアニの女のような眼差しで追いかけているあなたの影を

はじめてのフルマラソンはいつだっけ　五年、十年、海馬を泳ぐ

「もう若くないんだから」とつけ足して息子がよこすバースデーメール

戦いに敗れし猫の片耳に小さき傷ありサルビアの花

毎日の走った距離を書き込んだ手帳はついに十冊となる

ウォーキングしているわれを見た人がもう走らないのかと訊きたり

曇天の空に向かって立っている皇帝ダリアのようだ、未来は

ほこり茸が煙をほうと吹き出してわたしの脚に呪文をかける

夕暮れはペダルのさきを滲ませて樹木となりぬ立ちこぎのひと

信号が赤から青に変わるときわずかに跳ねるわたしの踵

光射す冬のサドルを少しあげあなたが失くした釦をさがす

レコードに針を落として待つときの余白のような遠い記憶は

奥歯の向こう

手のひらは迷路のようで太き線細き線ありひかりに透かす

アスファルトを濡らしてゆけば腰椎のひとつひとつが軋んで雨だ

森深くフクロウの声　あなたならもっと上手に鳴いただろうに

肩と肩ふれあうたびに私たちキリンのように首伸ばしてる

Sの字のフックのごときその背中夫の前世は猫かもしれず

亡くなりし猫の首輪はわたくしの手首の細さで丸まったまま

目が合えば情が移ると言いし夫　猫のコースはもう走らない

裏山の痩せた狸に食べさせるものはないかと訊きくる夫は

夕立のあとの静けさ　ブランコがあかるい色を軋ませている

夫のため狸のためにパンの耳買い物カゴへそっと入れたり

枕木のように身体を投げだして夫は休みぬ診療の間に

仲のよい家族のようだきっちりと丸岡餃子三列ならぶ

食パンは咥えて行ったと寡黙なるあなたがはじめる狸の話題

猪のごとく並んで夫とゆく大平山《おおひらやま》に誰とも遭わず

わたしよりあなたの影が長いから二十年後もしている影踏み

てっぺんに立ってわが家に手を振れど米粒ほどの小さな窓は

星のごとひらいて生えるツチグリのひとつひとつに名前をつけたし

引くことも引かれることもあったろう　空にあずけるわたしの右手

遠景に羽ばたいている手のひらがあなたのもとへ蛍を飛ばす

口開けて笑うことなき夫なれど奥歯の向こうに銀河は光る

アダン

休日の基地の向こうの静けさよ　アダンの赤い実数えてすすむ

日に焼けた息子の横顔だんだんとウチナーンチュのごとくなりゆく

こんなにも贅沢な時間が手にあって何を拾うかヤドカリに問う

葉たばこの花はいらぬと摘み取られ荷台に積まれし桃色のはな

烏帽子のごとく佇む城山《ぐすくやま》広き背中を見つつ登りぬ

ここからは先に行けぬと見送られ搭乗ゲートに身体を入れる

夕暮れにあまた機体は交差してときおり光る垂直尾翼

帰らねばならぬ身体と帰りたくない身体あり硬き背もたれ

ハンドルを握る息子にうりずんの風は吹いたか淋しくないか

円卓

踵から雨は止みおり　長靴を最後に履いたのいつだったろう

馬の背を思い出しつつ膨らますマットの上の腹式呼吸

砂浜にあがりし海月どこまでも透きとおっていて嘘がつけない

よく切れるナイフのようだまたひとつわたしの耳がそぎ落とされる

おはようの返事はなくてちゃぷちゃぷと牛乳パックの三角の口

だんまりも三日ともたず靴下の穴の向こうに夫をみつける

言葉にはならないけれど夫と子がスナップエンドウ夕餉に鳴らす

ゆっくりと箱の中にも秋が来てそそそそ素麵並んでねむる

ししとうの緩きカーブに思い出す母の背中の小さき骨ぐみ

花びらにふれるごとくに男らは中華料理の円卓まわす

骨と心臓

焼かれればわたしの骨も仰向けのましろきかたち仰向けの蟬

茹でたまごに罅が入ってふるふると鍋にひろがる白い吐息は

わたくしの皮膚を剝がしていくように葡萄の皮を指さきがむく
拳銃のごとくバナナをかまえてた子はもういないもっさりと食む
ぱっくりと口をひらいて無花果は動きはじめるわたしの心臓

解説

松村正直

大森千里さんと初めてお会いしたのは東京の短歌関係の授賞式の会場であった。受賞者の母として岡山から参加していた大森さんと挨拶を交わした。元気で若々しい方だなというのが第一印象である。授賞式に参加している人の大半は短歌の実作者だったので、数人で雑談をしている時に、「お母さんも、ぜひ短歌を作って下さいよ」とみんなで勧めた。半ば冗談のような感じだっただろう。それが、しばらくして本当に短歌を始めたという話を聞いて驚いた。やっぱり元気な人だなあと思ったことであった。

それから十年。大森千里さんの初めての歌集『光るグリッド』が刊行されることになった。

こんなにも馬のからだは熱いのか　撫でようもなくはっと手をひく
コンビニのおでんの中に浸かりたい今日のわたしは冷めたはんぺん
わたしにもやさしい背中があったよね　ランプのような猫の背をみる
生ハムを一枚一枚めくっては盛りつけている静かな怒り
私にもこんなパワーが欲しいのよ　乾燥わかめ三倍となる
アルバムを広げてみれば三人の子の顔どれもジャガイモのよう

伸びやかで風通しの良い歌集だと思う。素手で摑み取った言葉があり、弾むような息づかいがある。

一首目、馬の体に触れた時に思いがけない熱さにおののく。触れてみなければわからなかった熱さは、命の持つ熱さでもあるだろう。二首目、湯気の立つ汁に入ったおでんの具が湯船に浸かっているみたいで心地よさそうなのだ。それと対照的に「わたし」の心は冷え切っている。三首目、座って窓の外などを見ている猫の後ろ姿。「ランプ」という比喩が形だけでなく暖かさも感じさせる。そんな猫を見ながら自分自身を振り返るのだ。四首目は結句に驚かされる歌。パックされた薄い生ハムを指先で剝がすたびに、怒りの感情がまざまざと甦ってくるのである。五首目、水につけた乾燥ワカメは水を吸って柔らかくなり、大きく膨らんでいく。単なる物理現象であるが、そこに生きもののような「パワー」を感じ取っているのがおもしろい。六首目は「ジャガイモのよう」が抜群にいい。まだ小さかった頃の三人の子どもたちの顔。一つ一つ形は違うけれど、どれも元気で生き生きしている。

眠りから目覚めた亀が思いきりうぐいす色の糞を出したり
みずうみのような沈黙　ゆっくりとリクガメの瞼下から閉じる

リビングを二周、三周まわりきてリクガメが食む朝の豆苗
うちのねこ、みかけんかったと尋ねおり道で出会った近所の猫に
モンシロチョウ追いかけるのが好きだったトムのためにと花を植えおり
扇風機右に左に首振ればおくれて動く猫の黒目よ

生きものがたくさん出てくることも、この歌集の特徴である。それぞれの生態がよく捉えられていて精彩を放っている。特に自宅で飼っている亀と猫は歌集の重要な脇役と言っていい。

「思いきり」糞をする亀は気持ち良さそうだけれど、何を考えているのかはよくわからない。リビングを歩き回るのは運動をしているのか、餌がどこにあるか探しているのか、何とも気ままな感じである。

一方の猫は気持ちの動きがよくわかる。「うちのねこ、みかけんかった」と近所の猫に声を掛けているところなど、人間と猫が対等な関係に立っている。特に、死んでしまったトムに対する歌は哀切だ。人間の死を悼むのと変らない思いが滲んでいる。

目薬を点すのが上手いとほめられて夫の前では得意気に点す
何となく入れたくなったと言い添えて夫がはじめて買うバスクリン
夫は木綿、わたしは絹とゆずらずに気づけば真珠婚は過ぎたり
猪のごとく並んで夫とゆく大平山《おおひらやま》に誰とも遭わず
口開けて笑うことなき夫なれど奥歯の向こうに銀河は光る

亀や猫とともに、歌集で存在感を放っているのが夫の歌である。数の上では子どもの歌に比べてそれほど多くないのだが、どれも不思議な魅力がある。目薬を「得意気に点す」って一体どんな感じだろう。気取らない夫婦の関係がうかがえる。入浴剤を「何となく入れたく」なることに明確な理由はない。でも、まったく何もないわけではない。そこに、いつもとは違う夫のかすかな心の揺れや翳りを感じ取っている。「真珠婚」と言えば結婚三十年だ。長年一緒に住んでいるからと言って、心の中を何でも見せ合えるわけではない。豆腐の好みも違ったままだ。でも、お互いの心の機微を感じ取ることはできる。

無口であまり笑わない夫だが、共に生きているという感じが強く伝わってくるのはなぜだろう。それは夫婦であるだけでなく、医師と看護師という仕事の上でのパ

ートナーでもあるからかもしれない。

食欲の落ちたひとには苦痛なり三度の食事が追いかけてくる
右腕が羽二重餅のようだった　手を握り返す力もなくて
黒い血をがぼりがぼりと吐きながら伝えようとする口のゆがみは
人間はここまで痩せてしまうのか　腸骨、肋骨丁寧に拭きぬ
人の死に慣れてしまってわたくしの右手左手てきぱき動く
白布をしずかに顔に掛けるときいつもためらうわたしの指は

看護師の仕事の歌は、どれも現場で働く人ならではの臨場感と迫力に満ちている。「三度の食事が追いかけてくる」「羽二重餅のようだった」「ここまで痩せてしまうのか」といった言葉に強い実感がこもる。

看護のプロとしててきぱき仕事をこなす一方で、人間の命を相手にする仕事だけに思い入れや感情の揺れもひとしおである。人間的な感情を大事にして温かく向き合う面と、人間的な感情を排して冷静に向き合わなければいけない面と、相反する二つの要素がこれらの歌には含まれている。その両面をあわせ持つ強さがなければ

務まらない仕事なのだろう。
作者の生活の一番芯の部分にこうした強さがある。おそらく、それが他の様々な部分をも支えているのだ。人の生死に関する重い内容の歌もある。けれども歌は暗くない。内側に閉じこもることはない。

ざわざわと心が曇るときもある枯れ葉の声を足裏は聴く
頂上から靴を飛ばしてみたくなる　放物線はどんなだろうか
ためらわず生八ツ橋はふたつ取り三十五キロの壁を超えたり

作者は自分の心と身体の扱い方をよく心得ていて、常に明るさを失わない。きっと、身体を動かすことは心の健康にとっても大切なことなのだろう。マラソンを走り、山にも登る。自分の身体と向き合い対話することで、自分の心の状態も見えてくる。たとえ立ち止まったとしても、また一歩その先へと走り始めることができるのだ。

まっすぐに風を切るとき一本の線となりたりわたしの体幹

あとがき

真っ白なケント紙に薄く引かれたグリッド。グリッドとは格子状の線のことである。末の息子は自宅で絵を描いている。鉛筆のみで、長い時間を費やし、目に見えぬ何かを表現しているようだ。タイトル『光るグリッド』は、その思い入れのある連作からとった。

今年は、私の母が亡くなってちょうど十年目にあたる。生前、地域の随筆クラブに参加していた母。母がまとめた手作りの随筆集を久しぶりにひらくと、元気な頃の母の姿が思いだされた。母の生きた証しが大切に残されていて感慨深い。母が助産師であったように私も看護師となり、開業医の妻として娘と二人の息子を育ててきた。入院患者さんの食事をつくり、多くの患者さんの看取りにも携わってきた。

四十歳でマラソンを始め、五十歳で短歌と出会った。娘の影響で軽い気持ちで始めた短歌だったが、次第に夢中になっていった。二〇一九年に「釦をさがす」で塔短歌会賞をいただき、その勢いで六十歳で歌集を出しますと宣言した。六十歳という節目に、何かひとつ残しておきたいと歌集を編むことにした。

『光るグリッド』は私の初めての歌集です。二〇一一年五月から二〇一九年末までの「塔」および「みずたまり」の歌の中から四一六首をほぼ年代順に収めました。松村正直さまには歌集をまとめるにあたり多くのアドバイスをいただき、身に余る解説文もご執筆いただきました。心よりお礼申し上げます。また入会当初よりご指導いただきました「塔」短歌会の皆さま、特に歌会でいつも多くの助言をくださった岡山歌会の皆さま、鳥取の「みずたまり」の皆さまに深く感謝しております。出版に際してお世話になった青磁社の永田淳さま、作品に新たな光を与えてくださった装幀家の関宙明さまに深くお礼申し上げます。

二〇二〇年　立夏

大森　千里

著者略歴

大森 千里（おおもり ちさと）

1960 年 山口県宇部市生まれ
2011 年 「塔」短歌会入会
2013 年 「みずたまり」入会
2019 年 「釦をさがす」30 首にて第 9 回塔短歌会賞受賞

塔21世紀叢書第369篇

歌集 光るグリッド

初版発行日 二〇二〇年七月二十四日
著者 大森千里
岡山市北区平山五〇二（〒七〇一―一三三二）
定価 二〇〇〇円
発行者 永田 淳
発行所 青磁社
京都市北区上賀茂豊田町四〇―一（〒六〇三―八〇四五）
電話 〇七五―七〇五―二八三八
振替 〇〇九四〇―二―一二四二二四
http://www3.osk.3web.ne.jp/~seijisya/
装幀 関 宙明（ミスター・ユニバース）
印刷・製本 創栄図書印刷

ISBN978-4-86198-470-9 C0092 ¥2000E